오동꽃을 보며

황금알에서 펴낸 박기섭 시집

박기섭 첫시집 복간본 '키 작은 나귀 타고'(2019)
'오동꽃을 보며'(2020)

황금알 시인선 215

오동꽃을 보며

초판발행일 | 2020년 8월 18일

지은이 | 박기섭
펴낸곳 | 도서출판 황금알
펴낸이 | 金永馥
선정위원 | 김영승 · 마종기 · 유안진 · 이수익
주간 | 김영탁
편집실장 | 조경숙
표지디자인 | 칼라박스
주소 | 03088 서울시 종로구 이화장2길 29-3, 104호(동숭동)
전화 | 02)2275-9171
팩스 | 02)2275-9172
이메일 | tibet21@hanmail.net
홈페이지 | http://goldegg21.com
출판등록 | 2003년 03월 26일(제300-2003-230호)

ⓒ2020 박기섭 & Gold Egg Publishing Company Printed in Korea
값은 뒤표지에 있습니다.
ISBN 979-11-89205-69-0-03810

오동꽃을 보며

박기섭 시집

황금알

| 시인의 말 |

문단 한 모퉁이 묵정밭에 시의 터앝을 연 지 어언 마흔 해. 그 절반을 비슬산 밑, 뿔의 북쪽角北에서 살고 있다. 해마다 오동꽃은 피건마는 그 꽃이 늦봄에 피는 까닭을 나는 모른다.

－늘 처음이면서 또 다른 처음을 꿈꾸는 시!

2020년 늦봄

박기섭

차 례

3부

5부

■ 해설 | 호병탁

1부

복사꽃 필 때

그대 울려거든
봄 하루를 울려거든
비슬산 남녘 기슭 복사꽃 밭으로 가라
가서는 그냥 한 그루 복사나무로 서 있어라

그러면 될 일이다
까짓 울음 같은 것
분홍이든 다홍이든 치댈 만큼 치대서는
무참히 그냥 무참히 꽃 피우면 될 일이다

오동꽃을 보며

이승의 더딘 봄을 초록에 멱감으며
오마지 않은 이를 기다려 본 이는 알지
나 예서 오동꽃까지는 나절가웃 길임을

윗녘 윗절 파일등은 하마 다 내렸는데
햇전구 갈아 끼워 불 켜든 저 오동꽃
빗장도 아니 지른 채 재넘잇길 열어놨네

하현의 낮달로나 나 여기 떠 있거니
오동꽃 이운 날은 먼데 산 뻐꾸기도
혜식은 숭늉 그릇에 피를 쏟듯 울던 것을

오동꽃 저녁

너의 무릎을 베고
저무는 봄날이었으면

누른 국수에
날감자를 구워 놓고

아픈 데 아픈 데도 없이
그냥 그렇게 나른한

또 그런 봄날이었으면
너는 그예 나를 낳고

창밖에 남아 부신
뻐꾸기 소리나 듣는

다저녁 숭늉 그릇에
오동꽃이나 보는

한 권의 책이 왔다

그해 그 봄날에 한 권의 책이 왔다

겉장을 열자마자 요철凹凸의 활자 냄새

문선의 고른 치열들, 꽃씨를 물고 있었다

지형을 뜨는 순간 생금의 꽃이 벌고

문향聞香의 코끝에서 낯익어 낯선 향기

곳곳에 관주 비점을 아니 찍고는 못 배길

비의 저녁

햇연꽃 불 켜든 일은
햇연꽃 저만이 알고

들오리 길 떠난 일은
들오리 저만이 알지

늦도록 못둑에 붐비는
비의 속내는 누가 알꼬?

겹모란꽃

내 상사는 아무래도 토청土靑의 오월이다
회청回靑 회회청回回靑 아닌 토청의 오월이다
흐벅진 백자 항아리 볼기쯤에나 벙그는

그러니까 내 상사는 꼰사 푼사 아닌
꽃일사 겹모란꽃 환원염의 겹모란꽃
망댕이 불가마 속에 몸을 식힌 겹모란꽃

새벽길

희미한 저 외등의 불빛은 누가 먹나 길이 먹지 길이 먹어 눈먼 밤을 가지 눈먼 밤 눈먼 벼랑 끝 새벽을 낳지 너, 온다는…

연꽃 앞에서

내게로 오는 그대
나의 아미타여

오오 소슬한 광망
나의 관세음이여

돌 속에 억겁의 시간이
바스러지는 찰나!

찰나의 무량수를
한 잎 한 잎 열어놓고

한사코 진흙 위에
맨발로 섰는 그대

아수라 뻘물 게우며
아수라를 건넌 그대

내 열 번 전생의 일이라면

1
내 열 번 전생의 일이라면
그대 알겠는가

그 전생 그 가을의 일이라면
그대 알겠는가

그 가을 그 애저녁의 일이라면
알겠는가 그대

2
진흙 뻘밭이면
진흙 뻘밭을 넘고

얼음 수렁이면
얼음 수렁을 건너

마음이 마음을 만난다
몸이 몸을 만난다

3

이금泥金의 몸이었네 아편의 봄바다였네 박하 서향서껀
백단향의 길이었네 쇠도끼 시퍼런 허기를 어루만진 향
기였네

뼈 하나로 건너야 하리

내 잠의
머리맡에

금숲의 강을
두신다면

살 벗고
아아 살 벗고

뼈 하나로
건너야 하리

화엄 속
불의 화엄 속

뼈 하나로
건너야 하리

너 내게 가을일 적에

너 내게 가을일 적에 가을 들녘일 적에 그 들녘 가득
실린 황금 볏단일 적에
　그 볏단 쭉정이꺼정도 죄 거두어들인 나

　너 보낸 하늘빛이 하도나 아득해서
　하마터면 곧이곧대로 다 말해 버릴 뻔했네
　뭐라고 둘러댈 말조차 찾을 생각을 못 하고

　내게 너 서녘일 적에 서녘 하늘일 적에 그 하늘 쪽물
통을 내 앞에 와 엎지를 적에
　엎지른 그 쪽물 받느라 바지춤을 다 적신 나

쪽물 편지

1
나한테
가을 하늘은
다만 첫 구절뿐
이하는 그냥 쪽물, 속절없이 번진 쪽물, 단 한 번 엎질러 놓고는 쓸어 담지도 못한 쪽물

2
안일도 바깥일도 고만 다 작파하고 오늘은 한나절을 호릿소나 부리면서
그렇게
저물고 싶다
저, 살청의 하늘에

3
홀로된 막내 누이 피멍 다 받았느냐 그 피멍 다 받아서 얻다 다 뱉었느냐
하늘가 마른 핏자국
씻지 못한
너, 억새

가을, 메가폰을 들다

처음엔 그냥 가볍게 이마께를 찍더니만 격렬한 러브신에 가슴팍이 뭉개지고 급기야 허리를 훑어 둔부가 다 드러났다 연거푸 메가폰을 들었다가 놓았다가 화르르 혼신을 태운 불멸의 그 연기에 불콰한 얼굴을 문대며 마구 몰리는 관객들

시지時至에서

1

청동의 가지 끝이 가늘게 떨리던 날, 끝 간 데 없는 것
이 끝 간 데 없는 데서 내게로 내게로 온다 눈도 귀도 다
먼 것이

2

하필이면 시지時至*일까, 더는 가지 못할 그냥 그 벼랑
끝 맨몸의 뇌우로다 마침내 적묵에 이른, 내 사랑의 폐
허로다

3

여월麗月, 그 격렬한 시간의 난파 끝에 서둘러 당도한
봄의 하복부가 찢어진다 살아서 더는 못 할 짓을 다 해
버린다, 내 사랑

* 그곳에서 이태를 보낸 적이 있다.

시든 꽃

흔들면 흔들린다 하반下半의 꽃숭어리여 이미 열탕 밖
의 식은 몸으로 앉아 시든 꽃 덧난 상처의 물집을 또 뜯
는가

덧난 그 상처까지도 붙안고 가쟀더니 감춘 채 돌아서
서 붕대를 죄 풀면서 한사코 저무는 샛강의 물풀이나 되
라네

무슨 헛구역을 삭여낸 가슴이기에 이토록 사정없이 흔
들리는 꽃숭어리냐 눈부신 황금의 약속도 흙바닥에 팽
개친 채

$2_\text{부}$

허천난 봄

뉘더러 물어보랴
살구나무
살구꽃값

살구꽃 아니라면
복사나무
복사꽃값

올봄도
떼먹을까 보다
그냥 못 본 척할까 보다

꽃값 받아가라고
재우친들
나만 섧지

삭칠 새경이라도
있다면
또 모를까

허천난 그리움 아니면
허천난 줄
뉘라 알리

물의 저쪽

1
수몰지에 이울던 꽃 다시금 이울지 않고

꽃 따러 날아간 새 돌아오지 않는다네

그 물에 돌팔매질 마라

꽃 다칠라

새 다칠라

2
내게 늘 미답인 그대

물의 저쪽인 그대

봄밤

    타관 객지 여관방에 늦도록 꺼지지 않는, 홀로 시무룩한, 눈먼 사내의 포르노여

    그렇게 흠빨며 감빨며… 잠깐이다, 그 봄

탐매행

나의 어린 벗이여, 그대 무얼 보는가

봄이 온 다음에도 한참을 더 버티는

어둡고 머흔 골짜기 남은 눈을 보는가

말 안 듣는 나귀 등에 올라타고 갈지라도

저 산녘 어디쯤에 첫 매화 오는 날은

벗이여, 꽃 잡고 울망정 그 길 함께 가세나

꽃, 아닌 꽃

콧잔등을 움켜쥔 채 피를 뱉는 꽃이 있다
가슴을 검뜯으며 울부짖는 꽃이 있다
허옇게 거품을 문 채
바둥거리는
꽃, 아닌 꽃

뻐꾸기 먼 소리를 따라가는 꽃이 있다
눈물 글썽이며 주저앉은 꽃이 있다
파르르 입술을 떨며
자지러지는
꽃, 아닌 꽃

꽃 앞에서

이 몹쓸 근지러움을

그냥 확,
구겨 던져?

아니면 발로 툭 차

처박아,
수챗구멍에?

환장할 떼죽음이여,

피는 족족
죽는 꽃!

폭포

단도직입이다,
그는 늘
어디서나

응답이 오기 전에 온몸을 내던진다

찢긴 채 곤두박인 채
떠다니는,
푸른 귀

아닌, 춤

지상의 것이로되 지상의 것만 아닌,
그저 그러려니 그럴 수만도 없는,
춤이여, 눈썹 끝에 곤두선, 내 전생의 춤이여

이미 내 것이로되 이미 내 것만 아닌,
그냥 그렇다고 그럴 수만은 없는,
춤이여, 단애 끝에 직립한, 내 이생의 춤이여

매부리코에 관한 기억

야성의 선입견이 툭 불거진 콧잔등에

청동 투구의 녹 자국이 남아 있다

둔탁한 생의 관절이 완강하게 부러졌다

턱수염에 말라붙은 유목의 피를 씻고

갈기를 움켜쥔 건 기원전의 일이다

타다 만 흙빛 속으로 짧은 생이 지나갔다

관계론

시간이 부풀면서 관계는 이루어진다 관계를 물어뜯고
관계를 질겅거리며 곱다시 관계에 붙들린 또 그렇고 그
런 관계

기실 가을과는 아무 관계도 아닌 관계 눈 오다 갠 날은
눈 오다 갠 날의 관계 그 모든 관계의 관계 그렇고 또 그
런 관계

관계의 갓밝이나 관계의 해거름녘 관계의 끈을 쥔 채
몸을 친친 감는 관계 관계가 깊어질수록 콩켸팥켸가 되
는 관계

첼로가 있는 풍경

저음의
첼로 현이
길게 휘는 저녁, 놀이터 아이들이 고무공을 튕길 적마
다 그 가을 바스켓은 자꾸
실핏줄이
터졌다

가을을 만나거든

오명가명 하는 녘에 가을을 만나거든 술 한 잔 나눌 만
한 그런 터수 아니라도 그냥 그 너나들이로 말을 놓아
버리자 타관 댓돌 위에 신발을 벗다 말고 그래 그 코흘
리갯적 옛 동무나 만난 듯이 귓불에 귓불을 비비며 간지
럼도 태우며

눈표범

   은둔의 긴 꼬리가 미명을 스쳐갔다 고고의 정적 속에
언 발을 멈추었다 아무도 본 적이 없는, 벼랑 끝의… 기
척

열창이 끝난 뒤

1
열창이 끝난 뒤에
그는 사라졌다

폭풍의 날머리를 불현듯 움켜쥔 긴장,

그것이 노래를 노래로
그를 그로 만든다

2
민낯을 후려치는 차디찬 빗발이거나 난청의 귓바퀴를
헤집는 바람 속에

풀 먹인 영혼의 홑것을 내어 거는 것이다

3
박수 갈채만이 박수 갈채를 알고 텅 빈 객석의 고요는
고요를 안다

누군가 노래의 한끝을 배배 틀어 쥐고 있다

4
붉은 융단을 끌며 그가 다시 나타난 건

암전의 여운이 막 사라질 무렵이었다

둥그런 조명 속에서
그는 한껏
부푼다

3부

이순 1

가고 아니 오는 것아, 생피 마르는 것아

푸서리 무서리에 하늘 등도 다 꺼지고

늦도록 부시다 못해 황량일까, 저 억새

높가지 까치들은 무얼 보고 울어쌓노?

윗절 가는 잔등 길은 등이 다 굽었는데

뉘 보낸 거망빛인가, 내 눈썹에 타는 것아

이순 2

낮달이 가다는 말고 자꾸 걷다본다

추석이 지난 지도 하마 일여드레

물항라 깨끼 하늘도 물이 수타 날았다

저 서녘 비탈목에 귀 터진 조각보를

나주볕 아니고는 뉘라서 기울 텐가

개울가 하얀 고무신 발자국이 남았다

묵편墨篇 1

　-통영 봄바다

　통영 앞바다에 겨릿소를 몰아넣고 봄 하루 잔물결을 여물인 양 썰어낸다 섬들은 젖뗀 송아지, 자맥질이 한창이다

　-선운사 가서

　선운산 선운사 가서 시 한 구절 얻어 옵니다 목이 쉰 막걸릿집 육자배기* 아니라도 내 마음 빈 밥그릇에 숭늉 담아 옵니다

　-비슬산 남녘

　비슬산 기슭에 살며 정작 못 본 비슬산을 풍각이나 각남쯤을 지나는 어느 아침 대견봉 남녘에 부신 눈빛 보고 아느니

* 미당 서정주의 「선운사 동구」에서 따옴.

묵편墨篇 2

–못물

오마지 않은 이가 올 턱도 없건마는 그 정작 아니 오니 지영키는 참 지영네 못물만 하루 점도록 아지랑일 맹글어 쌓고

–옹당못

옹당못이 지 깐에는 산밭에 젖 준다꼬 자꾸만 고 앞섶을 걷어올려 쌓구마는 다 마른 젖꼭질망정 물려라도 볼라꼬

–감또개

얼매나 심심으마 그카겠노 그카기는 소록소록 떨어지는 빗방울 감또개를 한나절 들여다보고 그카겠노 그카기는

묵편墨篇 3

−충렬 정육점

통영 충렬사 앞에 충렬 정육점 있다 글쎄, 그렇다고,
핏물 밴 그 고깃덩이 차디찬 쇠갈고리를 물고 있는 고깃
덩이

−여자만

여수 고흥 바다에 여자만 있다니까 글쎄, 그렇다니까,
흐벅진 그 사타구니 심하게 굴곡진 생의 뻘물이 괸 사타
구니

−뿔

뿔이다, 뿔이라니, 그래 그 뙈기밭골 안돌이지돌이다
래미한숨바우라 강원도 정선 가면 있다 젤 짧고 또 젤
긴 이름

묵편墨篇 4

−품앗이 봄날
이녁은 품앗이로 품앗이로 먼 길 가고 나는 혼자 종일
토록 한 채 절간을 짓네 기왓장 올리다 말고 문득 듣는
뻐꾸기 소리

−살구꽃 장터
닷새장 한 모퉁이 한 그루 살구나무 몇몇 해 전이던가
꽃 보따리 이고 와서 봄볕에 난전을 차린 타성바지 그
과수댁

−물복숭꽃
수월댁 친정 길에 물복숭꽃 피었는데, 남몰래 와서 울
던 하마 먼 그 처녓적 환장할 저놈의 꽃빛을 따라갈 걸
그랬다

묵편墨篇 5

−한로 지나며

닳아 희미해진 가을의 주차선이여 한 철 격정 속을 휘
달려온 차량들이 서둘러 시동을 끈다, 더 갈 데가 없구나

−가을 고철상

가을의 모퉁이에 폐철들이 쌓여 있다 검붉은 녹물 속
에 파랗게 번지는 기억 고철상 철망 너머로 집게차가 오
고 있다

−단풍 앞에서

이제 또 한판의 대국이 임박했다 짓쳐 온 군마들을 등
성이로 몰아놓고 시위에 살을 먹인다 오오 눈부신 화전
火戰!

묵편墨篇 6

  ─윗녘 못물
  꽝꽝 언 윗녘 못의 숨구멍이 사라졌다
  겨우내 물고 있던 산소통을 떼버린 건 못물이 온몸 호흡을 시작하면서부터다

  ─새벽 봄비
  이순이 지난 뒤로 귓바퀴가 얇아졌다
  젖먹이 첫새벽이 칭얼대는 기척인 양 발맡에 실눈 뜬 봄비 속살거리고 있다

  ─버들개지
  봄비가 숨겨 놓은 젖꼭지를 용케 찾아 줄줄이 물고 빨며 배냇살이 오른 것들
  보송한 솜털을 털며 뛰어내릴 듯 말 듯

묵편墨篇 7

-닭

게으른 신神의 뜰에 봄은 더디 오고 서너 마리 다소곳이 햇볕 속에 흩어졌다 꽃도곤 벼슬이 붉은 닭 천상의 양식을 쪼는

-비, 오월

영상 팔·구도쯤의 오월도 아침나절 이맛전을 스쳐가는 짧은 비의 탄주를 나무는 다 들은 눈치다 사운거리는 잎들을 보면

-풍경

처마끝을 들어 올린 춤도 이제 지쳤구나 숱한 천둥 번개 스러져 간 골짜구니 쇳소리 떨어진 족족 산구절초 피었다

우화 1
— 산길에서 버마재비를 만나다

산길을 오르는데 버마재비 한 마리가 난데없이 휙 날아와 앞유리에 척 붙는다 바람에 밀리나 싶더니 용케 자릴 잡는다

나와 눈이 마주치자 일순 전투태세다 역삼각의 머리통에 저작형의 턱을 들고 보란 듯 앞발을 겨눈 채 도끼날을 세운다

겹눈 밖 더듬이는 먹이를 탐하는 듯 톱날 가시마다 비린내를 풍기면서 도무지 겁을 모르는 포획성의 몸짓이다

꼴이 참 가관이라 한참을 더 보다가 에라, 에멜무지로 와이퍼를 휙 돌리자 모든 게 중동무이다 길바닥에 픽 고꾸라진다

우화 2
― 어슬녘에 소쩍새 소리를 듣다

소쩍새는 어슬녘에 잠깐 산을 넘어와서 한입 머금은 물을 뱉는 듯 삼키는 듯 그렇게 두어 자락쯤 주워섬기곤 간다

아니긴 왜 아니겠느냐 필시 예약이 있지 출연료가 궁금해도 묻지 않기로 한다 세상에 공것은 없잖아 딸린 식솔도 있고

적삼에 베잠방이 차림이면 또 어떠냐 좋기야 대청마루 주안상이 제격이지 뉘네 집 민며느리서껀 눈물깨나 쏟겠다

우화 3
— 귀 어두운 까투리와 게으른 장끼 이야기

아뿔싸, 귀 어두운 까투리 한 마리가 게으른 장끼 놈의 끝물 울음에 홀려 푸드득, 봄산 허리를 끊어 물고 오른다

보리누름 한철이면 피도 살도 마르는데 산턱에 꽁지깃을 쓱 뽑아 던져놓고 옳거니, 한 목청 길게 장끼 놈이 납신다

저것도 화냥질일까 아니라곤 못하겠지 쫓느니 쫓기느니 산빛 왁작 흔들 적에 어이쿠, 열 많은 열구름 날비 아니 뿌릴까

우화 4
— 수유水踰에는 한 마리 수유須臾가 산다

서울 근교 수유에는 한 마리 수유가 산다 화계사 터를
잡은 그 언저리 그 어디쯤 수염이 닷 발은 자란 흰 눈썹
의 수유가 산다

숲속에 번득이는 수유의 몸 비늘을 더러는 봤다 하고
더러는 놓쳤다 한다 보고도 놓쳤다 하고 놓치고도 봤다
한다

뻐꾸기 살다 떠난 덕 너머 흙가마 터 다따가 와설랑은
불 장작을 집어 들고 낡삭은 움집을 태우는 긴 꽁지의
수유가 산다

4부

우두커니 서 있었다
— 흑시첩黑柿牒

늙은 감나무는 어디서나 그렇습니다

그 풋감 떫은 것들 단물이 들 때꺼정

참먹을 동이째 갈아서 마시고는 합니다

먹감이 왜 먹감입니까 그래서 먹감입니다

된가을 서릿길에 만등을 내건 날은

말로는 다 못할 것들 그도 실은 먹빛입니다

이승 아니라면 저승 어느 저녁답을

늙은 감나무는 우두커니 서 있습니다

먹감장 먹감문갑을 걸머진 채 서 있습니다

독들이 입을 벌린 까닭

보아라,
비 오는 날
빗물 받아 먹으려고

독전에 날름거리는, 금 간 저 혓바닥들

알겠네,
지상의 독들이
입을 벌린 까닭을

바큇자국

시동은 늘 걸려 있다
2009년산
스포티지,
백미러에 나부끼는 순단의 허기만이
언 몸에 불콰히 남은 바퀴자국을 기억한다

도무지 하릴없는 공회전의 시간 속에서
만충전의 배터리는 쉼 없이 쿨렁거리며
다만 저 헛된 욕망의 바퀴자국을 기억한다

보닛에 말라붙은 먼 우레의 흔적이여
무수한 정지신호, 차단기도 아랑곳없이
한사코
퀭한 눈으로
내달린다, 스포티지

뱀을 본 기억
— 뱀의 해를 맞으며

그 기억은 오래 남는다
뱀이 길기 때문이다

어릴 적 처음 본 기차, 그 기억도 마찬가지다

긴 것은 사라지지 않는다
생각보다 생生은 짧다

봄의 안부를 묻다

봄이 오면 나으려나 그 몹쓸 기관지혈

얼부푼 겨울 강을 온몸으로 건넜건만

한사코 보채던 너는 흰 침상에 누웠네

줄줄이 링거병만 핏물 든 기별인 양

터지는 모세혈관 곳곳에 떠 있구나

나 이리 면목없음이여 너 건너온 먼 강가에

동행
— TV를 보다가

백여섯 치매 엄마
갓 여섯 아이가 된다
쉰넷 늦둥이 앞에
툭하면 투정이다

가자고, 둘이서 함께
그 산길을 가자고,

아들이 "하나 둘" 하면
엄마는 "셋 넷" 하고
"참새는?" "짹짹짹짹"
"오리는?" "갈갈갈갈"

그렇게, 멀고 아득한
봄 산길을 그렇게,

종種의 종말

진화의 마지막은
폐허다 절멸이다

순종도 잡종도
심지어는 변종까지도

그것이 그렇지 않고는
종의 기원도 없다

무극의 찰나 앞에
신은 신으로 앉고

있음도 없음도 없는
무변의 절대쾌감

그것이 자연변이의
불가역의 선택이다

졸곡卒哭

1
의자가 나를 두고 슬며시 돌아앉는다
그의 의중을 내가 모를 리 없다
의자가 버리기 전에 의자를 버릴 일이다

2
죽음보다 빠른 것은 죽음밖에는 없다
빛의 사슬을 끊고 한순간에 사라진다
차디찬 백동의 몸만이 언 땅 위에 남는다

3
더는 노래도 없다 줄 끊어진 거문고여
풍화를 못 이긴 채 이지러진 안면이여
나 이제 무시애곡無時哀哭을 그칠 때가 되었으니

달의 하숙집

달의 하숙집에 국밥 냄새가 났다
놋수저 부딪치는 골목길 접어들자
누군가 달빛 두레박 줄을 푸는 소리여

달은 나의 젖꼭지, 젊을 적 내 어머니
타관 댓돌 위에 신발을 벗어 놓고
세상에 허기진 날은 그 젖꼭질 빠느니

두레상에 홀로 앉은 늦저녁 어느 날은
어이 달, 하고 불러 상머리에 앉혔더니
동이째 길어온 달빛 찬그릇을 채웠다

더러는 하릴없이 입에 넣어 질겅거리다
더러는 구긴 채로 베개통에 넣기도 했던
달이여, 하숙집 봉창에 배불러 오던 달이여

하늘소금

땀도 땀이지만 햇빛이 제일 중혀 준비는 다 사람이 혀도 맹그는 건 하늘잉께
그래서 천일염 아닌감 하늘− 天에 날− 日

하기는 이녁 몸도 염밭은 염밭이네 오뉴월 뙤약볕에 소태밥 짓는 염밭
고 된통 징헌 땀길로 하늘소금이 오니께

흰 새벽

— 어느 목회자를 기리며

못 빠진 물지게를 손보아 둘러메고
가문 뉘 집집이 물 길어 물을 주고
후미쳐 응달진 곳에 햇볕 받아 햇볕 주고

옷 벗어 옷을 주랴 살 벗어 살을 주랴
덧난 상처마다 감람나무 그늘 주랴
차라리 쇠종이 되어 흰 새벽을 당기랴

허기진 한목숨의 실밥이 터지던 날
줄 것 다 준 몸의 뼈 하나를 씻어내어
구멍 난 하늘 밑창을 저리 받쳐 놓았네

노루 발자국

산속으로, 시멘트길이 산속으로 올라간다 올라가다 멈 칫대는 그 자리 노루 발자국 선 채로 문득 바라본 먼 마 을의 불빛⋯ 겨울이 가기 전에 거푸 잣눈이 내려 그 눈 속 노루 발자국 선연히 지워진다 발자국 지워진 자리 박 혀 있다, 머루눈!

별후

1
눈먼 낭군이 남긴 언틀먼틀 돌너덜을

외발로 절뚝이며 끝내 다는 못 간 이모*

한 장의 부음이 왔다 언틀먼틀 해거름을

2
엄마
엄마
불러봐도
세상에 없는 엄마

그런 줄 알면서도
엄마
엄마
부르며 가는

억새꽃 환한 산턱에

애먼 딸이
남았다

3
고샅 고샅이 다 일손을 놓아버렸다

마지막 도랑물이 마을을 돌아나갈 때

흰 홑것 따르며 울며 잔등 길을 오를 때

4
마당가 늙은 감나무
말귀라도 알아들었나

숨죽인 고요 속에
투둑, 떨구는 감

누군가 텅 빈 뒤꼍에
헌 신발을 끈다

5
저 산밭 남은 농사 누가 와서 짓노

누가 짓긴 누가 짓노 가을볕이 와서 짓지

저승길 노잣돈 놓듯 가을볕이 와서 짓지

* 평생을 지체 장애인으로 살아온 막내 이모. 시각 장애인 남편을 잃고 남매
  를 키우며 충북 옥천의 산골에서 살았다.

그리고 반년이 지났다

1. 아버지의 신발
아버지가 닫으셨다, 음칠월 열나흘 밤을
완강히 찢겨나간 이승의 일력 한 장
신발이 뒤따라 갔다, 희디흰 그 복사뼈를

환기창을 빠져나간 옷가지 타는 냄새
단지 한 발자국 옮겨갔을 뿐이건만
이마에 흙물이 번졌다, 반년 전의 일이다

2. 어머니의 눈썹
가을 들 무렵부터 어머니는 그러셨다
천수경 끝자락이 강물에 젖는다고
흐르는 금빛을 따라 눈썹이 다 젖는다고

눈썹이 마르면서 숫제 말이 없으셨다
밤이면 잠 안 자는 별빛들을 불러모아
은결든 아랫목 윗목 뜬숯불을 놓으셨다

5부

화엄 흑매

꽃 앞에
말 잃었네

선 채로
한나절을

등 하나
못 올려도

마음 하마
만등인데

붉어서
하도나 붉어서

되레 검게
타는 봄

접시꽃

명부전 처마 밑에 접시꽃들 피었습니다

빈 접시 포개 들고 접시꽃들 피었습니다

때 묻고 이 빠진 채로 울먹울먹 피었습니다

부연 끝 풍경이사 먼눈을 팔건 말건

흐너진 돌탑이사 한숨을 짓든 말든

열릴 듯 닫힌 문밖에 엉거주춤 피었습니다

가슬갑사

1
하마 먼 신랏적
쪽물통을 엎질러 놓고

동녘 구천 보 밖
나부끼는 옷섶이럿다

돌종에
돌 가는 소리

들리는 듯
들릴 듯

2
청동 하늘가에
무쇠솥을 걸어 놓고

그 솥에 끓이느니
햇볕 숭늉이럿다

내 몇 번
내생이던가

가슬갑사
가을

무연고의 가을

용천사 가을빛이 나 따위는 안중에 없다

나무들 저들끼리 귀엣말을 주고받으며

산문 밖 뜬소문 같은 것 아랑곳하지 않는다

아무래도 이 가을은 무연고의 가을이다

명부전 처마끝에 한동안 물컹거리는,

듣지도 보지도 못한 단풍물이 그 답이다

친친 눈물 붕대를 온몸에 휘감은 채

서로 부둥키고 서로 살을 섞으면서

일주문 바깥쪽 하늘을 연신 찢어발긴다

운주사

자귀나무 꽃그늘에 여름 감기가 왔다

내도록 쿨룩대며 미열이 뜨는 길을

고추밭 고추꽃 오고
깨밭에는 깨꽃 오고

운주사 뱃바닥에 썩돌 실어 놓건 말건

먼눈 뜬 사내 계집 하늘 보고 눕건 말건

코 없는 돌부처 곁에
또 코 없는 돌부처

그늘의 풍경

매호 경로당 옆 쌈지공원 살평상에
삼이웃 노인들이 그늘을 깔고 앉아
느긋이 판을 벌인다, 나절가웃 늦여름을

병소주를 시켜 놓고 잔술을 나누더니
빈 병 곁에 웅크렸던 비닐 봉지가 날고
몇몇은 등 뒤에 선 채 개평을 뜯는 눈치다

막일판 막일꾼이야 힘이 장땡이지만
까짓 화투판에선 끗발이 상수렷다
그늘이 깊을 대로 깊은 다저녁의 풍경 속에

먹빛
— 동대구역 대합실에서

여승도 늙는구나, 늙은 여승 둘이서 먹물 옷 먹물 실을 올올이 풀어내다 멀거니 창밖을 본다, 진눈깨비 치는 창밖

아무래도 이승 얘기는 아닌 듯한 그런 얘기를 이승 사람 아닌 듯이 먹빛으로 건네주고는 태연히 또 먹빛으로 건네받고는 한다

교촌校村 풍경
— 내륙행 5

   그날 그 향교는 빗장을 지른 채로 잦힌 기왓골에 송홧가루만 쌓였더라 봄 하루 텅 빈 마루청 쩌억 쩍 소리가 나고

   흙돌담 모퉁이서 건너다본 교촌분교 이팝나무 고봉밥에 확성기가 시끄럽더라 근동의 경로잔치도 시들해진 나절가웃

   스무남은 노인네가 절며 끌며 모였더라 담뱃불을 댕기고 탁배기 잔을 돌리며 가물은 왜 이리 질긴고 연신 투덜거리며

속이 다 탄 집

그곳 돌담 끝에 속이 다 탄 집*이 있다 자식 보낸 어미 속이 저러려니 싶은 집 방치가 상책이란 듯 마냥 방치 중인 집

뚜껑을 딴 농약병이 터앝에 나뒹굴고 푸석한 시래기 몇 줄 실겅에 걸려 있다 헛청의 텅 빈 독들은 테를 메워 놓았다

방화의 단서는 끝내 잡지 못한 채 문화재 표지판만 용케 화를 면했다 일설엔 집이 스스로 불을 질렀다고도 한다

* 함양 안의에 있는 허삼둘 가옥(중요민속문화재 207호)

봄날은 간다
— 유행가풍으로

　그 무슨 흥에 겨워 시벙근 꽃숭어리냐 봄볕은 떼로 와
서 만판 난장인데 세월아, 너 고장도 없는 무정차의 세
월아 진주라 촉석루야 여수길 오동도야 간데족족 쿵쾅
거리며 봄 신명을 되지펴도 연거푸 허방을 짚고 그러느
냐 그러길 돌려달라 돌려달라고 떼를 쓰듯 대질러도 중
년의 화장기만 뭉개진 채 안달인데 청춘아, 너 어딜 갔
느냐 들은 척도 않느냐

만행

　그 여름 내 행려는 노고단을 넘어갔다 천은사 들목쯤
에 잉어 떼를 풀어놓고 일주문 어여쁜 허리를 몇 번이고
훔쳐봤다 훔쳐보다는 말고 화엄사로 넘어가서는 각황전
앞 석등에 불 한번 못 올리고 네 사자 힘겹게 떠받친 탑
돌들만 여겨봤다 그 탑돌 부릴 데는 피아골 연곡사렷다
절간을 가로질러 승탑을 에돌다가는 대낮에 아랫도릴
벗고 한 판 얼러붙었다 화개골 십 리허를 열어놓은 쌍계
석문 그나마 불일폭포는 산문 밖의 일이라서 저무는 섬
진강물에 귓바퀴를 씻었다

임진강가에서

한사코 강을 넘는 마음 묶어 허공에 두고
지고 온 그 돌 한 짐 부릴 데를 찾지 못해
세누나, 돌 하나 돌 둘, 내 이마를 치는 돌

강은 저 임진강 예사스레 몸을 섞네
그래 그럴 양이면 그래 그러면 되리
화냥기, 살 비린 화냥기, 서해 서녘이면 되리

다저녁 강물은 또 서럽게도 불어나서
터지는 그 먹물 빛 기다림은 마안하고
박힐 뿐, 완강한 거멀못, 완강하게 박힐 뿐

나 오늘 천지에 올라

쪽빛도 갈맷빛도 꼭 그만도 아닌 것이 울컥, 울음 앞에 오히려 목이 메고 나 오늘 천지에 올라 먼 한 금을 보느니

저 포효 저 함묵을 무명필로 받아내어 열구름 마름질로 잴거나 자를거나 에두른 열어섯 봉우리 실밥 자국도 없이

대연지 소연지봉 북포태 남포태산 허항령 마천령이 매듭을 풀고 맺고 휘갑쳐 호며 박으며 저리 뻗어 갔거니

때 묻은 감탄사를 둘 데 없는 하늘 가녈 승사하 물길 잡아 달문을 열고 닫고 내닫아 비룡 비폭에 물구나무서것다

해설

'마른 젖꼭지' 물려보려고
'앞섶' 걷어 올리는 옹당못

호 병 탁(시인 · 문학평론가)

1

작년 나는 어느 문예지 겨울 호에 「눈부신 단죄를 꿈꾸는 하늘에 거꾸로 박힌 칼 한 자루」라는 제목으로 박기섭의 시집 평을 한 일이 있다. 강한 느낌의 긴 제목이다. 제목과도 같이 나는 이 글에서 "숨 쉴 틈도 없는 속도감과 긴박감" "직접적으로 치고 들어오는 강력한 이미지"라는 표현을 써가며 평을 했다. 더구나 「한천寒天」이란 작품을 해설하며 겨울 하늘에 거꾸로 박힌 그 '칼 한 자루'는 "당장이라도 떨어져 머릿골에 쑤셔 박힐 것 같은 상황"이라고 거칠게 몰아붙이고 있었다. 평론 문체가 따로 있는 것은 아니지만 내게 있어서도 약간은 예외였다. 하지만 그만큼 시인의 작품이 나를 몰두하게 했고 격하게 만들었다는 말이 될 것이다 그로부터 채 일 년도 되지 않아 출판사로부터 이번에 발간될 새로운 시집『오동꽃을 보며』의 원고를 받았다. 작품들을 읽으며 놀라지 않을 수 없었다. 단호하던 어조는 눈에 띄게 온화해졌고 내용도 부드러워진 느낌이 현저했기 때문이다. 실상 내가 평을 했던 것은 시인의 첫 시집『키 작은 나귀 타고』의 복간본이어서 새로 받은 원고와는 오랜 시간적 상거相距가 있었음이 사실이다. 당연히 작품세계도 세월 따라 얼마든지 변화가 있을 수 있다. 그런데도 이번 작품들은 진한 서정이 넘실대고 나아가 선禪향까지 어른대고 있다.

우선「시인의 말」을 들어본다. 시인은 "문단 한 모퉁이 묵정밭에 시의 터앝을 연 지 어언 마흔 해. 그 절반을 비슬산 밑, 뿔의 북쪽角北에서 살고 있다."고 자신의 등단 시기(1980년 한국일보)와 거주지를 소개한다. 이어 "해마다 오동꽃은 피건마는 그 꽃이 늦봄에 피는 까닭을 나는 모른다."고 겸양의 자세를 보이지만 "늘 처음이면서 또 다른 처음을 꿈꾸는 시"를 지향한다며 글을 마무리하고 있다. 이 짧은「시인의 말」은 작품 독해에 중요한 단초의 역할을 하게 된다.

    그대 울려거든
    봄 하루를 울려거든
    비슬산 남녘 기슭 복사꽃 밭으로 가라
    가서는 그냥 한 그루 복사나무로 서 있어라

그러면 될 일이다
까짓 울음 같은 것
분홍이든 다홍이든 치댈 만큼 치대서는
무참히 그냥 무참히 꽃 피우면 될 일이다
ー「복사꽃 필 때」 전문

　시집에 등장하는 첫 번째 작품이다. 두 연, 여덟 행으로 구성된 짧은 시지만 이번 작품집의 대표작으로 꼽을 만하다.

　이번 시집에는 많은 꽃들이 흔들리고 있다. 우선 시제만 해도 「복사꽃 필 때」「오동꽃을 보며」「오동꽃 저녁」「겹모란꽃」「연꽃 앞에서」「탐매행」「화엄 흑매」「접시꽃」이 있고 심지어 「시든 꽃」「꽃 아닌 꽃」까지 있다. 시제가 이 정도니 물론 본문에도 자귀나무 꽃, 고추꽃, 깨꽃(「운주사」)들이 피어 있을 것임에는 당연하다. 외에도 곁에 존재하며 우리의 정서를 건드리는 많은 자연물들이 여기저기 산견된다. 그래서 작품이 순해진 것인가. 하기야 아늑한 남녘 산기슭에 화사하게 핀 복사꽃을 보며 사나운 감정에 휩싸일 사람은 하나도 없다. 설령 그랬던 사람도 온화한 마음으로 다시 돌아설 것이다.

　작품은 "그대 울려거든/ 봄 하루를 울려거든" 남녘의 산기슭 "복사꽃밭으로 가"서 "그냥 한 그루 복사나무로서" 있으라고 권유하고 있다. 첫 연이다. 독해에 아무런 어려움이 없다.

우리는 다음 연에서 화자가 왜 "복사나무로 서" 있으라고 하는지 그 이유가 설명될 것으로 기대한다. 그러나 화자는 그 "까짓 울음 같은 것"이라며 다시 '울음'을 거론한다. 그리고 그 울음이라는 것도 복사꽃처럼 "분홍이든 다홍이든" 적당히 섞여 "그냥" "꽃 피우면 될 일"이라고 말하며 작품을 끝내고 만다. 이 연도 독해에 특별한 어려움은 없다.

지지고 볶으며 세상 살다 보면 울고 싶을 때도 많이 생기게 마련이다. 작품은 전체적으로 이런 풍진의 세상을 약간 비켜나서 "한 그루 복사나무"처럼 초연하게 세상을 지켜보라는 의미인 것 같다. 또는 어딜 가서 있든지 자신의 정체성을 잃지 않으면 그곳이 바로 참된 자리(隨處作主立處皆眞)라는 말을 하고 있는 것 같기도 하다. 여하튼 작품 전체에 시인의 '임운자연任運自然'을 추구하는 정신세계가 담겨있음은 사실이다. 앞서 '선禪의 향기'가 어른댄다고 한 말은 바로 이를 말하고 있는 것이다.

그러나 과거의 문학비평처럼 한 편의 텍스트에서 '올바른 의미' 또는 '작가의 의도'를 찾아내려 하는 것은 적절치 않다. 이런 자세는 작품 속에는 하나의 유일한 의미가, 즉 하나의 진리가 내재해 있다는 주장을 하는 것이나 다름없다. 진리는 이중적 의미가 될 수 없다. 이것이 가능하다면 어찌 이천 년에 걸친 호머의 해석은 항상 다른 해석을 위한 조건이 되고 있을 뿐인가. 작품의 유일한 의미는 존재하지 않는다는 사실은 이미 역사가 입증하고 있다.

따라서 텍스트의 잠재적 가능성은 독자의 독서에서 이루어지는 개성적 실현인 셈이다. 독자에 따라 작품의 의미도 달라질 수 있다. 심지어 같은 작품도 두 번째 읽을 때는 또 다른 경험을 할 수 있다. 또한, 작품을 읽는다는 행위는 작품의 의미와 결부되어 있지만 '의미 파악' 그 자체만은 아니다. 문제는 우리가 작품에서 '무엇'을 파악하느냐가 아니라 '어떻게' 파악하느냐에 있다. 이는 작품의 심미적 효과를 파악하는 것이고 우리의 '심미적 체험'과 직결된다. 위 작품을 다시 정독하며 논의를 계속하기로 한다.

2

우선 작품의 구조를 살펴보자.

작품은 "그대 울려거든"이란 가정假定의 형식으로 문을 연다. 이 말은 '울려면' '울고 싶다면'이나 마찬가지다. 따라서 첫 연의 문장은 '-하면'이라는 조건을 달고, 그렇다면 '-하라'는 통사구조다. 즉 '울고 싶다면 복사꽃밭에 가서 복사나무로 서 있어라'라는 문장이 되는 것이다. 그런데 간단하게 보이는 이 문장구조가 만만치 않다.

첫 행과 둘째 행의 종지는 모두 "울려거든"의 반복·

병치다. 또한 셋째, 넷째 행의 종지도 마찬가지로 "밭으로 가라" "서 있어라"와 같이 '–하라'형의 반복 · 병치다. 소리나 음악성은 내용이나 의미에 못지않게 시를 규정하는 가장 중요한 요소의 하나이다. 음악성은 그 자체로 우리에게 즐거움을 주는 동시에 의미와 내용을 분명히 한다. 결과적으로 시란 '즐거운 소리'라는 그릇에 의미와 내용을 담아 표현하는 것이라고도 말할 수 있다.

시인은 이런 시의 음악성을 위해 문장과 작품 전체에 '리듬'을 싣는 방법을 찾는다. 같은 위치에서의 음의 반복과 병치는 리듬을 살리는 가장 효과적인 방법이다. 시인은 완벽하게 이를 수행하고 있다. 내처 리듬과 관련하여 두 문장으로 구성된 다음 연도 보자. 각 문장은 모두 "될 일이다"라고 글자 하나 틀리지 않게 동일한 종결어미로 끝냄으로 완전한 리듬을 이끌어내고 있다.

규칙적 반복에서 리듬이 발생한다. 자연현상을 보자. 해는 동에서 떠 서로 지고, 낮이 지나면 밤이 오고, 밀물과 썰물이 반복되고, 사계의 순환도 반복된다. 자연뿐 아니라 인간의 몸도 마찬가지다. 생명에 직결되는 심장박동과 내쉬고 마시는 호흡 역시 정확한 리듬을 가지고 있다. 이렇게 볼 때 시의 리듬은 작위적이기 보다는 자연스러운 것이라 할 수 있다.

박기섭의 작품에는 이런 자연스런 리듬이 어디서나 율동하고 있다. 차제에 그중 대표적인 예 하나를 들어본다.

"햇연꽃 불 켜든 일은/ 햇연꽃 저만이 알고// 들오리 길 떠난 일은/ 들오리 저만이 알지// 늦도록 못둑에 봄 비는/ 비의 속내는 누가 알꼬?"(「비의 저녁」전문)

세 개의 연으로 구성된 짧은 시다. 여기에서도 "-은 -만이 알고, -은 만이 알지"라고 동일한 통사구조가 반복되고 있다. 마지막 종결어미까지도 "-가 알꼬?"로 '알다'라는 동사의 변화형이 계속 반복된다. 따라서 '알다'의 단 하나의 동사가 작품 전체를 이끌어 가고 있다. 더구나 놀랍게도 '알다'의 주체어가 되는 '햇연꽃'도, '들오리'도 각 행 첫머리에 반복·병치되고 있다. 그렇다면 화자가 묻고 있는 셋째 연의 주어에 해당되는 '누가?' "비의 속내"를 알 것인가. 화자 자신이다. "못둑에 봄비는 비"를 보고 있는 사람은 바로 화자이기 때문이다. 내리는 봄비를 "늦도록" 혼자 바라보고 있는 화자의 쓸쓸한 심사가 여실하다.

3

다시 「복사꽃 필 때」로 돌아가자. 이 작품의 '시행 배치'도 주목할 만하다. 첫 행은 "그대 울려거든"으로 짧고 간결하다. 그런데 둘째 행도 마찬가지로 "울려거든"으로 끝나지만 "봄 하루"라는 수식이 앞에 덧붙여지면서 음절수가 늘어나고 어감도 상승하고 있다. 셋째 행에서는

"비슬산 남녘 기슭"이라는 장소까지 알려주며 그곳 복사
꽃밭으로 가라'고 권유하고 있다. 시행은 더 길어지고 정
서적 효과도 배가되고 있다. 넷째 행은 그 장소에 가거
든 "복사나무로 서 있어라"라고 그곳에서 해야 할 일까
지 알려주고 있다. 당연히 시행은 가장 길어지고 어감
또한 최대한 상승하고 있다.

둘째 연도 마찬가지다. 우선 시각적으로도 각 시행이
점차 길어짐을 알게 된다. 이는 음절수가 늘어나기 때문
에 나타나는 당연한 현상이다. 물론 연과 연 사이에는
호흡을 조절하고 내용의 변화를 예고하는 휴지休止가 있
다. 그런데 이 둘째 연의 내용변화는 매우 급격하다. 일
단 "그러면 될 일이다", 즉 복사나무로 서 있으면 될 일
이라고 단언해버린다. 그리고 별것도 아니라는 뜻으로
업신여길 때 쓰는 감탄사 "까짓"까지 발화된다. 그런 하
찮은 것은 바로 첫 연의 "울음 같은 것"이다. 그런 것은
개의치 말고 그저 당당하게 복사나무로 서서 붉은 꽃을
피우면 그만이라는 발화와 함께 작품은 끝이 난다.

이 시에서 '복사꽃'은 울고 싶은 현실적 괴로움에서 벗
어나고자 하는 화자의 바람을 의미하는 매개체의 기능
으로 작동한다. 각 연의 시행배치를 다시 눈여겨본다.
첫 행은 다음 연 보다 시행의 길이가 짧다. 그래서 느린
호흡으로 읽힌다. 그러나 행 길이는 점차 길어지고 이에
따라 읽는 속도도 빨라지고 감정도 격화된다. 특히 둘째
연의 시행배치는 점차 빠른 호흡을 유도하며 괴로움에

서 벗어나려는 화자의 고조되어가는 심적 갈등이 여실하게 표현되고도 있다. 2행의 "까짓"으로부터 감정의 격발은 시작된다. 복사꽃은 붉다. 그 색이 엷은 분홍이든 진한 다홍이든 상관할 것 없이 "치댈 만큼 치대서는"이라는 3행과, "무참히 그냥 무참히 꽃 피우면 될 일"이라는 마지막 행은 읽는 속도만이 아니라 최대치로 고양되어가는 화자의 정서가 그대로 드러나고 있다. 특히 "무참히 그냥 무참히"라는 꽃 피우는 행위에 대한 수식이 눈에 띈다. 끔찍하고 참혹함을 이르는 '무참'하다라는 말은 그 뜻 그대로가 아니라 떡 반죽 치듯 사정없이 '치대는' 말의 정서를 그대로 이어받고 있는 수식이다. "무참히"의 반복 사이에는 "그냥"이란 부사가 견인되고 있다. 이 말은 어떤 조건도 없이 '그대로'로 두라는 뜻이다. 따라서 3,4행을 연결하면 떡 치듯 치댄 그대로의 모양대로 꽃을 피우라는 말이 된다. 즉 "비슬산 남녘 기슭"의 대자연에서, 또한 "복사나무"라는 자연물 그 자체로 서 있으면 된다는 당당한 발화다.

시에서의 언어운용 방식은 의미하는 바를 효과적으로 살려내기 위한 단순한 수단이 아니다. 독특한 구조를 통한 그 운용방식의 형식 자체가 새로운 의미를 획득한다. 앞서 '음의 반복과 병치'로 리듬을 살리는 동시에 일상의 의미가 새로운 의미로 전환되고 있음을 보았다면, 위에서는 적절한 '시행 배치'로 시각적 차원에 그치는 것이 아니라 독특한 의미를 창조하고 그 의미의 강조 효과를 배가시키고 있음을 보았다.

여기서 짚고 넘어가야 할 게 있다. 나는 이글의 초입에서 시인의 시가 옛날보다 현저하게 온화하고 부드러워진 느낌이 든다고 말했다. 「시인의 말」에서 시인은 "늘 처음이면서 또 다른 처음을 꿈꾸는 시!"를 쓰고자 하는 희망을 발화하고 있다. 언제나 새로운 시를 꿈꾸는 시인의 이런 의지 앞에 아무런 작품세계의 변화가 없다면 오히려 이상한 일이다. 확실히 단호하던 어조는 매우 부드러워진 것이 사실이다.

그러나 현재는 과거를 통해서만 이해가 가능하고 과거 또한 현재의 우리 관점에 의해서 파악된다. 과거 작품과의 역사적 거리가 진정한 소통에 방해되는 것이 아니라 자기반성과 결합하며 '살아있는 연속체'를 이룬다. 즉 하나의 본질을 이루는 '대화의 기능'으로 작동하게 되는 것이다. 시인의 핏줄을 타고 도는 피가 어디로 갈 것인가. 우리는 바로 위 시의 "무참히" 떡 치듯 "치댈 만큼 치대서는" 그 모양 그대로 "그냥" 꽃을 피우라는 시인의 발화에서 여전히 강력한 힘을 느낀다.

이런 시인의 투박하지만 맛깔스런 강한 표현의 흔적은 여러 작품 곳곳에서 발견된다.

시인은 자신의 전생을 말하며 그것이 "이금泥金의 몸" "아편의 봄바다" "백단향의 길"이자 "쇠도끼 시퍼런 허기를 어루만진 향기"(「내 열 번 전생의 일이라면」)였다고 진술한다. "쇠도끼 시퍼런 허기"는 거의 충격적인 비유다.

시인은 달을 "입에 넣어 질겅거리"기도 하고 "구긴 채로 베개통에" 집어넣기도 한다. 그리고 그달을 "하숙집 봉창에 배불러 오던 달이여"(「달의 하숙집」)라고 부른다. 가을 단풍은 "일주문 바깥쪽 하늘을 연신 찢어발긴다"(「무연고의 가을」) 여기서 '질겅거리다' '구기다' '배불러 오다' '찢어발긴다'와 같은 동사들은 역동적 심상으로 우리 감각을 여지없이 쑤셔댄다.

시인은 앞바다가 아름다운 '여자만'을 "흐벅진 그 사타구니 심하게 굴곡진 생의 뻘물이 괸 사타구니"(「묵편墨篇 3」)라고 노래한다. '흐벅지고 뻘물이 괸 사타구니'라는 말은 질퍽한 느낌이 들 정도지만 아주 생동적인 감각으로 우리에게 육박해온다.

시인의 혈맥에는 아직도 펄떡거리는 싱싱한 피가 돌고 있음이 틀림없다.

4

'도원경桃源境'이란 말이 있다. '복숭아꽃 피는 아름다운 곳'이란 말로 속세를 떠난 이상향을 뜻한다. 도연명의 『도화원기桃花源記』에 나오는 말로 '무릉도원'이라고도 한다. 나는 복사꽃 핀 "비슬산 남녘 기슭"이란 시구를 읽으며 바로 이 도원경을 떠올렸다. 화자가 시적 대상에게 울고 싶으면 찾아가라고 하는 곳이 아닌가. 자료를 찾아

보니 '비슬산琵瑟山'은 달성과 청도 사이에 있는 해발 1,000m가 넘는 산으로 소개되어 있다. 틀림없이 이 산은 시인의 고향 근처에 있을 것이다. 그러니 「시인의 말」에서도 언급되고 있을 것이 아닌가.

속세의 신산함에 울고 싶다면 이곳에 가서 "한 그루 복사나무로 서" 있으라는 곳, 그야말로 이곳은 '이상향'에 다름이 없을 것 같다. 시인의 '정신세계'가 이 아름다운 산기슭에 어른거리는 듯하다. 즉 시인 내면의 정신적 사유와 이에 따른 관념이 간접적으로 이 이상향에 내재하고 있다는 말이다. 이는 바로 '작품의 의미'와 '작가의 의도'에 직결된다. 물론 시에는 삶의 고통이나 비애, 고독이나 갈등 같은 관념적 어휘는 하나도 찾을 수 없다. 그러나 박기섭이 노래하고 있는 이 "복사꽃밭"에는 그의 생에 대한 관념과 사변이 함축되어 있음이 틀림없다. 함축적으로 사용된 말의 의미는 논리성과 합리성이 축소되어 파악하기가 모호하다. 실제로 사람이 산기슭에 복사나무가 되어 서 있다는 것은 객관적으로 있을 수 없는 법이다. 그러나 문학에서는 한마디 말에 복합적 의미를 포함하려 한다. 소위 '내포connotation'다.

나는 이미 앞에서 하나의 작품에 하나의 유일한 의미는 존재하지 않는다고 말한 바 있다. 독자의 독서 환경이나 방법에 따라 작품의 의미도 달라질 수 있다는 말이다. 이 글을 쓰는 '나'도 하나의 독자다. 나름대로 함축된 의미를 파악해 본다.

복사꽃에 대한 가장 이른 시기의 기록은『삼국유사』에 나타나는 '도화녀桃花女 이야기'다. 여기서 도화녀는 '아름다운 여성의 상징'으로 등장한다. 그뿐만 아니라 '도원경'에서처럼 이 꽃과 열매는 신선들의 선경仙境과 불로장생의 상징이 되기도 하였다. 게다가 대표적인 양목陽木으로 알려져 동쪽으로 난 가지가 귀신을 쫓는다는 속설도 있다. 임금의 행차에도 먼저 이것으로 부정한 것을 쓸어 없앴다고 한다. 이처럼 복사꽃은 미의 상징이었으며, 열매는 신선의 과일로 상징되었고, 그 가지는 민간과 궁중을 막론하고 벽사辟邪와 축귀逐鬼의 도구로 사용되었다. 이렇게 보면 이 나무는 다른 어떤 것보다도 뛰어난 꽃과 열매를 가진 나무로 볼 수 있다. 시인이 "한 그루 복사나무로 서" 있으라고 할 만도 하다.

그러나 과연 시인이 이 나무를 최선의 좋은 의미로만 보고 있는 것인가. '일시춘색'이라. 아름다운 봄빛도 한 때다. 소나무나 대나무와 같이 지조와 절개를 지니지도 못하면서 봄철 짧은 기간에 피어나 지면 그만인 하찮은 아름다움만 자랑하는 것은 아닌가. 이는 소인의 태도라고 할 수 있다. 열거된 장점들도 단점으로 볼 수 있다. 너무 요염하게 생겨 사람을 유혹하고, 벽사의 주력이 있는 것처럼 하여 혹세무민하고, 도원경의 무릉도원을 속인에게 알리고 말았다. 전통 시가에서는 흔히 사군자, 즉 매·란·국·죽의 고결함을 돋보이게 하려고 복사꽃을 견인하기도 한다. 서로 대척점에 위치하는 문학적 알

레고리가 되는 것이다.

　실상 복사꽃은 사과꽃, 배꽃, 벚꽃보다 특별히 대단한 꽃은 아니다. 더 잘날 것도 못날 것도 없는 같은 계절의 아름다운 꽃일 뿐이다. 시인은 "해마다 오동꽃은 피건마는 그 꽃이 늦봄에 피는 까닭을 나는 모른다."(『시인의 말』)고 말하고 있다. 꽃이 왜 피는지도 모른다는 겸손한 사람이 아는 체하며 우리에게 꽃나무로 서 있으라고 할 이유가 없다. 그렇다면 시인은 봄의 도리앵화에 크게 다름없는, 보통 인간처럼 장단점을 공유하고 있는, 복사꽃의 그 '평범함'에 시선을 겨냥하고 있는 것은 아닌가.

　중요한 것은 이 복사꽃이 "비슬산 남녘 기슭"의 대자연에서, "복사나무"라는 자연물 그 자체로 "그냥" 서 있다는 사실이다. 작품에서 두 번이나 반복되는 '그냥'이란 말은 여기에서는 '특별할 것 하나 없이 생긴 그대로' 서 있다는 말이 된다. 계절 따라 꽃이 피고 지는 것은 우주섭리를 따르는 자유자재의 자연 현상이다. 나와 꽃이 하나가 되는 '물아일체'의 세계이자 '임운자연'의 세계와 다름없는 것이다. 나는 이런 인식과 의식이 시인의 관념으로 작동하며 작품의 함축된 의미로 어른대고 있다고 본다.

　내가 「복사꽃 필 때」란 작품 하나를 붙들고 많은 지면을 할애하고 있는 이유가 있다. 시집에 담긴 작품들은 의식의 토로 방식이나 그 표현방법에 균질성을 보이고 있다. 따라서 많은 작품을 집적댈 일이 아니라는 생각이 들었다. 문학은 삶에서 구할 수 있는 즐거움의 하나이고

비평가는 그 아름다움을 밝혀 독자와 함께 즐겨야 한다
는 고집이 나에게 있다. 따라서 나는 성실한 수고를 바
쳐 작품의 미학적 효과를 찾아내야 한다. 또한, 한 작품
에 대한 이런 정독이 다른 작품들의 독해에도 결정적인
빛을 줄 수 있다는 믿음도 있다. 그래서 이렇게 한 작품
에 집중하게 된 것이다.

5

　본 시집의 제목이기도 한「오동꽃을 보며」를 지나칠 수
는 없다.

　　이승의 더딘 봄을 초록에 몍감으며
　　오마지 않은 이를 기다려 본 이는 알지
　　나 예서 오동꽃까지는 나절가웃 길임을

　　윗녘 윗절 파일등은 하마 다 내렸는데
　　햇전구 갈아 끼워 불 켜든 저 오동꽃
　　빗장도 아니 지른 채 재넘잇길 열어놨네

　　하현의 낮달로나 나 여기 떠 있거니
　　오동꽃 이운 날은 먼데 산 뻐꾸기도
　　혜식은 승늉 그릇에 피를 쏟듯 울던 것을
　　　　　　　　　　　　　　　　　－「오동꽃을 보며」전문

110

오동梧桐은 잎이 넓은 낙엽교목으로 '한국 토산'이다. 교목喬木답게 곧고 굵은 줄기가 높게 자라는 큰키나무로 보라색 꽃이 늦봄에 피고, 재질은 가볍고 부드러우며 휘거나 트지 않아 장롱 같은 가구를 만드는 데 쓰인다.

첫 연에서 화자는 "더딘 봄"을 안타까이 여기며 오동꽃이 피기를 기다리고 있다. 그 기다리는 마음은 "오마지 않은 이를 기다려 본 이"는 알 것이라고 말하며 자신에게서 "오동꽃까지는 나절가웃 길"이나 된다고 자신의 간절한 마음을 표출하고 있다. 그렇다. 봄꽃들이 다 펴도 오동은 더디기만 하다.

마침내 "윗녘 윗절 파일등"이 다 내려지고 나서야 오동꽃은 "햇전구 갈아 끼워 불 켜든" 것 같이 곱게 피었다. '새 전등알로 불을 켜들었다'는 꽃의 형용이 참으로 선연하다. 그리고 어서 오라는 듯 "빗장도 아니 지른 채" 재 넘어가는 길을 활짝 열어 놓았다. 둘째 연이다.

그러나 마지막 연에서 화자는 기다리던 오동꽃을 맞으러 "재넘잇길"로 달려가지 않고 "하현의 낮달로나 나여기 떠 있거니"라고 의외의 발화를 한다. 우리는 왜 그런가 하고 그 이유를 기대하지만 화자는 답이 없다. 그 대신 "오동꽃 이운 날"은 "먼데 산 뻐꾸기도" "피를 쏟듯 울던 것을"이라는 말로 답에 갈음하고 작품을 끝내고 만다.

여기서 우리는 속내 깊은 시인의 사유를 짐작하게 된다. 하현下弦은 음력 22~23일경, 보름달과 그믐달의 중

간쯤에 뜨는 달로 매일 점점 스러진다. 화자는 자신을 그달에 비유한다. 그처럼 애타게 기다렸던 꽃은 마침내 활짝 피었지만, 자신을 돌아보니 하현달처럼 매일 기울어 가고 있다. 꽃피는 시간은 길지 않다. 결국, 꽃도 머지않아 허공에 흩어지고 뻐꾸기만 "피를 쏟듯" 슬피 울 것이다.

예부터 오동은 딸이 시집갈 때 혼수가 되는 장롱 재료로 썼다. 하면 오동은 '사랑의 완성'을 상징한다고 볼 수 있다. 매년 오동꽃은 피고 진다. 그러나 얼마나 많은 사랑이 완성을 이루지 못하고 제 꽃을 스스로 떨구고 마는 오동처럼 허무하게 지고 마는가. 그런데도 "더딘 봄"을 안타깝게 여기며 그 꽃 피기를 얼마나 기다렸던가. 이별은 사랑의 그림자인가. 시인은 "오동꽃 이운 날"의 슬픈 뻐꾸기 소리를 통해 안타까운 '사랑의 그림자'를 아프게 그려내 보여주고 있다. 그는 스스로 허공의 하현달이 되어 소리 없이 떨어지는 꽃잎을 지켜보며 우리에게 전언한다. "고개를 들고 보라. 보라의 오동꽃을. 들어라. 그 꽃의 속삭임을."

6

구문상으로나 의미상으로나 시는 산문보다 다분히 생략적이다. 시가 언어를 함축적으로 사용하는 것이라 한다면 이미 '함축'이라는 말 자체에 생략의 필연성이 내포된다. 따라서 좋은 시인은 언제나 말에 경제적이고 당연히 그의 시는 짧아지게 된다.

시집에는 「묵편墨篇」이라는 제목으로 여러 작품이 연작의 형태로 실려 있다. 그리고 각 연작에는 다시 작은 제목을 단 시편들이 여럿 있다. 모두가 필연적으로 스스로 취한 것 같은 짧은 작품들이다.

　－통영 봄바다
　통영 앞바다에 겨릿소를 몰아넣고 봄 하루 잔물결을 여물인 양 썰어낸다 섬들은 젖뗀 송아지, 자맥질이 한창이다
　　　　　　　　　　　　　　　　　　　　－「묵편墨篇 1」 전문

　－옹당못
　옹당못이 지 깐에는 산밭에 젖 준다꼬 자꾸만 고 앞섶을 걷어올려 쌓구마는 다 마른 젖꼭질망정 물려라도 볼라꼬
　　　　　　　　　　　　　　　　　　　　－「묵편墨篇 2」 전문

날씨 좋은 어느 봄날 통영 앞바다는 그야말로 날씨처럼 잔잔하기만 하다. 그런데 시인은 누구도 갖지 못한 놀랍고 특출한 안력으로 이 앞바다를 바라보고 있다. 즉 잔물결 일고 있는 봄 바다를 "겨릿소를 몰아넣고 봄 하루"를 "여물인 양 썰어"내는 것으로 보는 것이다. 소여물은 기계에서 쏟아내는 것처럼 잔뜩 와그르르 쌓이지 않

는다. 반복되는 작두질에 따라 차곡차곡 천천히 쌓여가는 것이다. '잔물결을 여물처럼 썰어내는 봄 바다', 기막힌 심상이다.

이뿐이 아니다. 봄 바다의 섬들은 "젖 뗀 송아지"처럼 "자맥질이 한창이다" 송아지는 어리다. 이제 막 젖 뗀 어린 송아지답게 물에서 팔다리를 움직이며 떴다 잠겼다 자맥질을 하고 놀고 있는 것이다. 맑고 평화스런 봄 바다가 선연하게 그려진다.

'옹당못'은 시인의 거처 가까이 있는 산속 작은 못쯤 될 것이다. 부근의 산밭은 이 작은 못에 농사짓는 귀중한 물 공급을 의존하고 있을 터이다. 시인은 이를 옹당못이 적극적으로 '젖을 주려고 하는 행위'로 보고 있다. "지 깐에는 산밭에 젖 준다꼬 자꾸만 고 앞섶을 걷어올려 쌓구마는"이라고 젖을 꺼내기 위해 앞섶을 걷어 올리는 행위까지 포착하고 있는 것이다. 못의 물은 충분치 못하고 메말라 있는 모양이다. 그래도 "다 마른 젖꼭질 망정 물려라도 볼라꼬" 안간힘을 쓰고 있다. 참으로 따뜻한 정이 넘치는 광경이다. 아니다. 이런 지극한 정은 이를 바라보는 '시인의 눈'에서 비롯된다. 이와 같은 시인의 탁월한 능력이야말로 시적 대상을 '감각적 인식'으로 자극하여 우리로 하여금 각별한 정서 속에 휩싸이게 만들고 있는 것이다.

위의 짧은 시 두 편은 참으로 빼어난 심상을 보여준다. 나는 봄 바다의 잔물결을 '여물을 썰어대는 것'으로,

산간의 작은 연못을 '밭에 젖 준다고 자꾸 앞섶을 걷어 올리는 것'으로 표현한 글을 여태 본 일이 없다. 자연대상을 향한 시인의 지극한 애정은 위 시구에서 그 대상이 이제껏 보지 못하던 전혀 새롭고 뚜렷한 미적 가치를 드러내게 하고 있다.

여기서 간과할 수 없는 점은 시인이 내보이고 있는 '동사의 은유화'다. 은유는 명사에만 한정되지는 않고 동사도 얼마든지 은유가 될 수 있다. 이 경우 이를 흔히 '의인 擬人'이라 부른다. 무생물체에 생명과 더불어 인간의 속성을 부여함으로써 창출되는 이런 은유는 즉각 상상력을 자극하는 예술언어로 변모된다. '통영 앞바다'도 '섬들'도 무생물체다. 산속의 작은 저수지 '옹당못' 역시 무생물체이다. 일상어로 바다에 잔물결이 '일고 있다'든가 섬들이 '보였다 안 보였다'해도 의미전달에는 아무런 차이가 없다. '옹당못'도 산밭에 물을 대기 위해 가깝게 다가가 '찰싹대고 있다'고 해도 마찬가지로 문제가 없다. 그러나 시인은 한결같이 이런 모든 것들에게 '인격'을 부여하고 있다. 바다는 잔물결을 여물처럼 '썰어내고' 섬들은 한창 '자맥질을 하고' 있다. 옹당못은 산밭에 젖 준다고 앞섶을 '걷어 올려 쌓고' 있다. 여기에 견인된 동사들은 모두 인간이나 하는 행위들이다.

"마른 젖꼭지"지만 물려보기라도 하려고 자꾸만 "앞섶을 걷어"올리는 작은 연못! 상상만 해도 살갑고 따뜻한 정취와 함께 작은 못의 사랑스런 모습이 한결 실감 나게

다가오지 않는가.

7

「복사꽃 필 때」도, 「오동꽃을 보며」도, 「통영 봄바다」도 보았다. 다 '봄' 풍광의 얘기다. 이제는 시인과 함께 '가을' 속으로 들어가 보자.

> 홀로된 막내 누이 피멍 다 받았느냐 그 피멍 다 받아서 얻다 다 뱉었느냐
> 하늘가 마른 핏자국
> 씻지 못한
> 너, 억새
>
> ─「쪽물 편지」 부분

세 연으로 구성된 작품의 마지막 연이다. 시제 「쪽물 편지」 그대로 시인은 가을의 상징색을 '쪽빛'으로 보는 것이 틀림없다. 이 시 첫 연에서 시인은 자신에게 가을 하늘은 "속절없이 번진 쪽물, 단 한 번 엎질러 놓고는 쓸어 담지도 못한 쪽물"이라고 노래하는 것만 보아도 그러하다. 아니 시인은 개인적으로도 '쪽빛'을 무척이나 애호하는 것 같다. 다른 시편에서도 가을을 노래하며 '쪽물'은 어김없이 등장한다. "내게 너 서녘일 적에 서녘 하늘

일 적에 그 하늘 쪽물 통을 내 앞에 와/ 엎지를 적에/ 엎지른 그 쪽물 받느라 바지춤을 다 적신 나"(「너 내게 가을 일 적에」)라고 노래하고 있다.

'쪽'은 그 잎으로 남색의 물감을 만드는 데 원료로 쓰는 식물의 이름이다. 그렇다면 쪽물은 우리가 일반적으로 말하는 '하늘빛'보다도 짙은 '남藍빛'을 의미한다. 사실 가을 하늘은 다른 어떤 계절보다 푸르다. 쪽빛에 가까운 게 맞다. 그 푸르디푸른 쪽빛 하늘 아래 억새가 흔들리고 있다. 가을의 들녘이나 강둑에 흔들리는 억새는 계절의 쓸쓸함을 표상이라도 하는 듯하다. 하늘과 억새의 색깔 대비가 뚜렷하다.

화자는 억새를 "홀로된 막내 누이"의 모습에 비유한다. 무슨 사연인지는 모르지만 혼자가 된 누이는 '피멍'이 들었을 것이다. 피멍은 '살갗 아래 피가 맺힌 것'을 말하지만 '가슴에 피멍이 들다'처럼 '마음의 깊은 상처'를 의미하기도 한다. 억새는 누이의 피멍, 즉 그 마음의 상처를 다 간직한 것 같은 모습이다. 화자는 묻는다. "그 피멍 다 받아서 얻다 다 뱉었느냐"고. 그러나 그 피멍이 바로 "하늘가 마른 핏자국/ 씻지 못한" 억새 자체의 모습이다. 그래서 더 쓸쓸하게 쪽빛 가을 하늘 아래 흔들리고 있는 것이 아닌가. 차고 쓸쓸한 가을바람처럼 '홀로된 누이'의 아픔을 생각하는 화자의 마음이 처연하다.

외에도 가을의 애상哀想을 노래한 시편들이 많다. 그
중, 앞에서도 언급한 「묵편」 연작의 짧은 시 하나가 눈에
띈다.

　－풍경
　처마끝을 들어 올린 춤도 이제 지쳤구나 숱한 천둥 번개
　스러져 간 골짜구니 쇳소리 떨어진 족족 산구절초 피었다
　　　　　　　　　　　　　　　　　－「묵편墨篇 7」 전문

　처마 끝에 매달려 바람 부는 대로 흔들리며 소리를 내
는 '풍경風磬'도 지칠 수 있는가 보다. 하기야 바람뿐이었
을 것인가. "숱한 천둥 번개" 역시 "처마 끝을 들어" 올
리며 '춤추던' 풍경을 때렸을 것이다. 그리고 그 "천둥번
개"는 풍경의 "쇳소리"와 함께 사찰의 골짜기에 떨어져
영원으로 "스러져" 갔을 것이다. 그렇다면 모든 것은 사
라지고 끝나버리고 마는 것인가. 아니다. 시인의 혜안은
"천둥 번개 스러져 간 골짜구니"에서 "쇳소리 떨어진 족
족 산구절초" 피어 있는 것을 본다. 구절초는 가을철 산
야에 저절로 피어나는 작은 국화꽃의 일종이다. 풍경소
리 떨어진 모든 곳곳에는 구절초가 피어 생명을 영위하
고 있다. 그리고 세상이 끝날 때까지 이 작은 꽃의 생명
은 계속될 것이다.

풍경은 부처 앞에서 흔드는 작은 종이나 마찬가지다. 단 처마 끝에 위치할 뿐이다. 시인은 법신 앞이 아닌 처마 끝 작은 종에서 '생의 의미'를 깨치고 있다. 현세의 삶을 살고 있는 보통사람이지만 시인의 눈은 법당 안 금부처 앞이 아닌 가을바람에 흔들리는 풍경을 통해 문득 법신의 실재를 '깨닫고' 있는 것이다. 깨닫는다는 것은 이상적 인격에 도달할 수 있는 인간의 위대한 내재적 속성이며 능력이다. 시인의 안력은 역시 대단하다.

가슴을 후벼 파는 시 하나를 소개하며 글을 마감하고자 한다. 나는 이 시에 단 한 마디 해설도 붙이고 싶지 않다. 번쇄하기만 한 언어의 나열에 불과할 것이라는 생각이 들기 때문이다. 독자들이여, 그저 직관으로, 가슴에 육박해오는 느낌 그대로 화자의 안타깝고 애절한 마음을 함께 해보시라.

엄마
엄마
불러봐도
세상에 없는 엄마

그런 줄 알면서도
엄마
엄마
부르며 가는

억새꽃 환한 산턱에
애먼 딸이
남았다

- 「별후」 부분

시인의 한결같은 건필을 기원한다.